LE CHANGEMENT de la Court.

M. DC. XXIIII.

LE SATYRIQVE DE LA COVRT.

VN iour que mon humeur me rendoit solitaire,
Tout pensif & songeard, contre mon ordinaire,
Pour m'esgayer vn peu & pour passer le temps
Ie me deliberay d'aller ioüer aux champs :
Mais comme ie sortois des portes de la ville,
Ie regarde venir deuers moy vne fille,
Toute nuë de corps, de qui les cheueux blonds
Voletans, descendoient iusques sur ses tallons,
Changeante à tout moment la couleur de sa face,
Et toutesfois tousiours auoit fort bonne grace,
Dans vne de ces mains elle auoit vn cizeau,
Et dans l'autre portoit vn taffetas fort beau,
Afin de s'en vestir : mais pour estre plus belle
Elle sembloit chercher vne forme nouuelle.

En fin comme ie vis qu'elle approchoit de moy,
Ie luy dis, tout surprins de merueille & d'esmoy,
A voir vostre façon & vostre beau visage,
Ie croy que vous soyez de diuin parentage,
Vos yeux monstrent assez vostre diuinité,
Et que vous ne tenez rien de l'humanité :

Mais sans passer le iour à plus long temps m'enquerre,
Si vous estes des Cieux ou fille de la Terre,
Au nom de Iupiter dittes moy vostre nom,
Que ie face par tout voler vostre renom :
Elle iettant sur moy vne œillade diuine,
Tire ce long discours du fonds de sa poitrine.

    Ie ne desire pas me faire des autels
Ie ne suis que par trop cognuë des mortels,
Ie ne te cherche pas pour me faire paroistre,
Ma force & ma vertu me font assez cognoistre,
Toutesfois ie veux bien, puis que c'est ton plaisir,
Te disant qui ie suis, contenter ton desir :
Ie suis (comme tu dis) de la diuine essence,
Mere du changement, & fille d'Inconstance,
Iupin, Mars, Appollon, & le reste des Dieux
Qui ont commandement dedans l'enclos des Cieux,
N'ont pas tant de pouuoir en ceste terre ronde
Certainement, qu'en a mon humeur vagabonde,
Ie fais tous les humains sous mes loix se ranger
Mais les François premiers qui ayment le changer,
Lse François qui leur nom ont rendu redoutable
Dedans tous les cantons de la terre habitable,
Viennent s'assubietir à mon commandement,
Aimans comme ie fais beaucoup le changement,
En leur langue commune ils me nomment la Mode,
Car ainsi que ie veux les hommes i'accommode,

Ie leur ay fait porter, pour commencer au corps,
La mouſtache pendante & les cheueux retors,
La France en ce temps-là s'eſtant accouſtumée
Aux façons des bourgeois de la terre Idumée,
Apres i'a y faiƈt couper ces cheueux qui pendoient
Et iuſques au milieu de leur dos deſcendoient,
Et auec le trenchant mis bas leur cheueleure,
Qui peu auparauant leur ſeruoit de parure:
Mille fois i'ay changé le blondiſſant coton
Que l'Auril de leurs ans leur fait croiſtre au menton,
Fait leur barbe tantoſt longue, tantoſt fourchuë,
Tantoſt large, à preſent on priſe la pointuë,
C'eſt celle maintenant dont plus de cas on fait,
Qui ne la porte ainſi n'eſt pas homme bien fait,
Non plus que l'on ne peut eſtre de bonne grace,
Si l'on n'a aux ſourcils releué la mouſtaſſe,
Mouſtaſſe qu'on auoit iadis accouſtumé
Porter raſe, qui lors vouloit eſtre eſtimé:
Mais venons aux habits deſquels leur corps ie couure
Où mon authorité encor mieux ſe deſcouure,
Quelle nouuelleté n'ont ſouffert les chappeaux,
Combien leur ay-ie fait de changemens nouueaux?
Ie leur ay fait donner la façon Albanoiſe,
Qui a pour quelque temps eu le nom de Françoiſe,
Puis ie les ay fait plats auec vn large bord,
Ceſte façon plaiſoit auſſi bien à l'abord:

A iij

Mais elle a maintenant perdu toute sa grace,
On n'en fait plus d'estat vne autre a prins sa place,
Qui a la teste ronde auec les bords estroits,
Et semble mieux Turban que chappeau de François,
Et comme le chappeau de façon renouuelle
Fais-ie pas au cordon vne forme nouuelle?
Ne l'ay-ie pas fait gros & puis apres petit,
Tantost plat, tantost rond, selon mon appetit,
Ie serois trop long temps si ie voulois te dire
Combien ie fais par là ma puissance reluire,
Depuis deux ou trois ans seulement les cordons
Ayans plus de vingt fois rechangé de façons,
Ie leur ay pour vn temps mis des boucles dorées
Personne n'en a plus on les a retirees,
Ie les fais maintenant moitié d'vn crespe fin
Bouffant en quatre plis & moitié de satin:
Nagueres l'on n'osoit hanter les Damoiselles
Que l'on n'eust le colet bien garny de dentelles,
Maintenant on se rit & moque de ceux-la
Qui desirent encor paroistre auec cela,
Les fraizes & colets à bord sont en vsage,
Sans faire mention de tout ce dentellage,
I'obserue tout le mesme à l'endroit des rebras
Lesquels i'ay fait porter tantost haut tantost bas,
Tantost pleins de dentelle, & quand ie veux i'y prise
Auec le point couppé l'ouurage de Venise.

Mais ces braues rebras ont perdu leurs beauté
Ceux à bords maintenant sont les plus vsitez,
A leurs pourpoints ie fais tousiours nouuelle forme,
Ce qui plaisoit hier auiourd'huy est difformé,
Ie les ay fait porter larges, longs, courts, estroits,
Ie les ay fait changer de colet mille fois,
Tantost façon de dents, maintenant de rondace,
La nouuelle tousiours est de meilleure grace,
I'ay fait les aillerons larges d'vn demy pié,
Mesmes souuent pendans du bras iusqu'a moitié,
Pour vn temps l'esguillette y a esté prisée,
Qui maintenant n'y sert de rien que de risee,
Les aillerons estroits sont les plus estimez,
Les busques ne sont plus comme iadis aymez,
Auec quoy l'on auoit accoustumé paroistre
Les plus estroits pourpoints sont ceux qui sont en estre,
I'ay auec le trenchant decouppé leur satin,
Pour monstrer le taftas bleu ou incarnadin,
Qu'ils font mettre dessous ceste large taillure
Qui est à vray parler vanité toute pure :
Encor cela est-il peu prisé si l'on n'a
Le satin verd aux gands, ou velours incarna,
Ou bien de franges d'or vne paire bordée
Qui porte sur le bras vne demy coudee,
Pour se ceindre l'on a quitté le taffetas,
Persone maintenant n'en fait guere de cas,

Si ce n'eſt vn qui porte vne longue ſutenne
Qui ſoit ou de damas , ou de velours de Gennes
Car les ceinturons ſeuls maintenant ſont receus ,
Qui ſont en broderie ou de ſoye tiſſus :
Ie ne penſe non plus que maintenant on puiſſe
Paroiſtre auec la chauſſe eſtroitte , ou à la Suiſſe ,
Ou bien toute bouffante à l'entour de gros plis
De crains ſous la doublure , ou de coton remplis,
Auſſi c'eſt eſtre fol que de penſer paroiſtre
Veſtu d'vne façon qui a perdu ſon eſtre ,
Il faut s'accommoder ainſi comme l'on fait ,
Refaire ſes habits comme l'on les refait ,
Changer d'accouſtremens auſſi toſt que i'allume
Dans les cœurs le deſir de changer de couſtume :
Car qui porte la chauſſe , encor que de velours ,
Qui n'eſt froncee en haut & deſſus les genoux,
Qui n'a de gros boutons aux coſtez vne voye ,
Ou de rang cinq ou ſix grands paſſemens de ſoye ,
Appreſte grand ſubieēt de rire à haute voix
A ceux qui vont ſuiuant mes inconſtantes loix ;
On le monſtre du doigt , quand meſmes en ſcience
Il ſeroit eſtimé des premiers de la France ,
Ainſi qu'vn qui voudroit en la ſale d'vn grand
Auec vn bas de drap tenir le premier rang ,
Ou bien qui oſeroit auec vn bas d'eſtame
En quelque bal public careſſer vne Dame ,

Car

Car il faut maintenant, qui veut se faire voir
Aux iambes aussi bien qu'ailleurs, la soye auoir,
Et de large taftas la iartiere parée
Aux bouts de demy pied de dentelle dorée,
N'auoir pas les souliers camus comme autrefois
N'y plats à la façon des lourdauts villageois,
Il les faut façonner d'vne iuste mesure
Le talon esleué & pleins de decouppure,
Qui les porte autrement il entendra tout haut
Que quelque Courtisan l'appellera maraut,
Comme qui trop hardy voudroit hanter le Louure
N'ayant pas sur le pied vne rose qui couure,
La moitié du soulier, ou qui en porte encor
Qu'il n'y ait à l'entour de la dentelle d'or :
Mais quiconque d'honneur desireux a enuie
Au modelle de Court de conformer sa vie,
Il ne faut pas tousiours estre chaussé ainsi
Il faut qu'il ait souuent la botte de Roussy,
Et l'esperon aux pieds encore qu'il ne pense
Que de passer le iour à l'entour d'vne dense,
Qu'il ait tousiours le dos d'vne escharpe couuert
De taftas de couleur incarnat, bleu & vert,
Ou d'autre qu'il verra plus propre à sa vesture
Aux deux bords enrichy d'or ou bien d'argenture,
Qui pende pour le moins sur le manteau d'vn pié,
Et couure du colet vne grande moitié

B

Qu'il ait fur le cofté pendant vn cimeterre,
Comme portoient iadis les Perfes à la guerre,
Court, mais de bonne trempe, inutil toutesfois
Aux batailles que font maintenant les François,
La garde faite en croix ou en forme aquiline,
Toute luifante d'or ou d'efmail toute pleine,
Qu'il ait le manteau court car d'en porter de longs :
Comme anciennement, qui battent les talons,
L'vfage en eft perdu, fi ce n'eft quelque Preftre
Sage en Theologie ou qui foit és Arts maiftre,
Ou quelque Confeiller ou quelque Prefident,
Ou vn qui s'enrichit au Palais en plaidant :
Car fans rifquer l'honneur cefte Mode eft permife
Aux hommes feulement de Iuftice ou d'Eglife,
Qui ne vont pas s'ils n'ont la futenne deffous
Qui leur pende beaucoup plus bas que les genous,
Qu'il l'ait dis-ie fi court que fa longueur ne puiffe
Que couurir tout au plus la moitié de la cuiffe,
Doublé tout à l'entour d'vn velours cramoify
Ou d'autre qu'il aura chez vn marchand choify :
Car par trop à prefent du taftas on abufe
Et chacun pour doublure à fon manteau en vfe.
Le bourgeois cy deuant allant à vn feftin
Auoit fur le manteau deux bandes de fatin :
Mais maintenant il faut s'il veut eftre honnefte homme
L'auoir plein de taftas comme le Gentilhomme,

Pourquoy d'hanter la Cour qui faict profeſſion,
Que l'on ne voit iamais manquer d'inuention,
Pour paſſer en beauté d'habits la populace,
Qui veut des Courtiſans touſiours ſuiure la trace,
Il luy faut le velours & ſur noſtre orizon
Quand reuient à ſon tour l'eſtiuale ſaiſon,
Il luy faut pour ſeruir de legere veſture,
De ſimple tafſas vn manteau ſans doublure,
Et s'il eſt quelque fois de chaſſer deſireux
Le Cerf viſte courant, ou le Lieure peureux,
Ou bien le Loup terreur de la ruſtique race
L'eſcarlatte eſt l'habit ordinaire de chaſſe,
Aucunefois de Court, pourueu qu'il ſoit paré
De trois ou quatre rangs de paſſement doré :
Mais mon pouuoir s'eſtend encor plus ſur les femmes,
Soit bourgeoiſes ou bien damoiſelles ou dames,
C'eſt moy ſeule qui fais leur treſſes & cheueux
Noüez, poudrez, friſez, ainſi comme ie veux,
Vne dame ne peut iamais eſtre priſee,
Si ſa perruque n'eſt mignonement frizee,
Si elle n'a ſon chef de poudre parfumé
Et vn millier de nœuds qui ça qui la ſemé,
Par quatre cinq ou ſix rangs ou bien d'auantage,
Comme ſa cheuelure a plus ou moins d'eſtage,
Et qui n'a les cheueux auſſi longs qu'il les faut
Elle peut aiſement reparer ce deffaut

B ĩ

Il ne faut qu'acheter vne perruque neuue
Qui a dequoy payer facilement en treuue :
Mais c'est là la façon des dames le soucy
Des bourgeoises n'est pas de se coiffer ainsi ,
Leur soin est de chercher vn velours par figure
Ou vn velours rasé qui serue de doublure ,
Aux chaperons de drapt que tousiours elles ont
Et de bien ageancer le moule sur le front
Luy face aux deux costez de mesure pareille
Leuer la cheuelure au dessus de l'oreille,
Aux dames ie fais cas d'vn visage fardé
A la Court auiourd'huy c'est le plus regardé :
Car quand bien elle auroit vne fort belle face
Si elle n'est fardée elle n'a pas de grace ,
Et principalement le doit elle estre alors
Que la ride commence à luy siller le corps,
Et que de iour en iour vne blanche argenture
Va se peslemeslant dedans sa cheuelure :
Car c'est à lors qu'il faut faire mentir le temps
Pour se faire honnrrer comme en ses ieunes ans,
C'est lors qu'il est besoin se seruir d'areifices
Afin de rabiller les ordinaires vices
Que la triste vieillesse ameine pour recors
Aussi tost qu'elle vient se saisir de nos corps ,
Aussi faut · il durant le temps de son ieune aage
Soigneusement garder le teint de son visage ,

Il faut tousiours auoir le masque sur les yeux
De peur que peu à peu le clair flambeau des Cieux,
De ses raits eslancez ne bazanne sa face
Ou de la femme gist la principalle grace :
Car ny les longs cheueux de son chef blondissant
Ny de son large sein le tetin bondissant,
Ny les luisans esclairs de sa plaisante veuë
Ny son gentil maintien, ny sa forme menuë,
Ne peuuent pas la rendre excellente en beauté
Si elle a sur le front de la difformité,
Mais ie veux maintenant te dire en quelle sorte
Vne galante femme en habits se comporte,
Il luy faut des carquans, chaisnes & bracelets
Diamans, affiquets & montans de colets,
Pour charger vn mulet, & voires dauantage
Dont on pourroit auoir aisément vn village,
Et telle bien souuent porte ces ornemens
Qui n'aura pas cinq sols de rente tous les ans,
Encor cela est-il aux dames tolerable
Mais la bourgeoise fait maintenant le semblable
Qui ose bien porter des diamans au doigt
Qui cousteront cent francs que peut-estre elle doit,
Et ayme mieux payer tous les ans vne rente
Que n'auoir pas au col vne chaisne pendante,
Qu'elle acheptera plus beaucoup que ne vaut pas
Ce que luy a laissé son pere à son trespas,

Encore n'est-ce rien si elle n'a sur elle
Coliers & bracelets comme la damoiselle :
Et ne porte cent mille autre tels ornemens
Toy mesme tu peux bien cognoistre si ie mens,
Qui ne sont en effect qu'vne vaine despence
Qui donne clairement preuue de ma puissance :
Et quand bien elle aura cela, ce n'est pas tout,
Sa vaine ambition n'est pas encor au bout,
Il luy faut des rabas de la sorte que celles
Qui sont de cinq ou six villages damoiselles,
Cinq colets de dentelle haute de demy pied
L'vn sur l'autre montez qui ne vont qu'à moitié
De celuy de dessus : car elle n'est pas leste
Si le premier ne passe vne paulme la teste,
Elle a pour ses rabas les fraizes eschangé
Dont elle auoit iadis tousiours le col chargé,
Quand elle desiroit auoir belle apparence
Ou à quelque festin ou bien à quelque dance,
Et lors il n'y auoit que celles qui estoient
D'vne condition honneste qui portoient
Deux colets ioincts ensemble auec doubles dentelles
Et les estimoit-on à demy damoiselles,
L'on ne parloit à lors sinon de celles-là
Qui auoient à l'entour du col ces colets-là,
Les voila maintenant laissez aux artisannes
Et ie croy que bien tost aux pauures paysannes.

La volonté viendra de s'en seruir aussi
Et d'en couurir leur col de halle tout noircy,
La femme du bourgeois qui aime l'inconstance
Pour le moins tout autant que la dame de France,
Pour se couurir le sein la façon a appris
D'vser de points couppez ou ouurages de pris,
Et non d'auoir le haut de la robe fermée
Comme elle auoit iadis de faire accoustumée,
Et comme font encor beaucoup de nations,
Ou ie ne fais pas tant qu'icy d'inuentions :
Mais les dames au moins pour la plus part n'ont cure
D'auoir en cest endroit aucune couuerture,
Elles aiment bien mieux auoir le sein ouuert
Et plus de la moitié du tetin descouuert,
Elles aiment bien mieux de leur blanche poitrine
Faire paroistre à nud la candeur albastrine,
D'où elles tirent plus de traicts luxurieux
Cent & cent milles fois qu'elles ne font des yeux
Des rebras enrichis d'vne haute dentelle
La bourgeoise s'en sert comme la damoiselle
Mais ceux qui ne vont point iusqu'à moitié du bras
De la dame de Court bien venus ne sont pas ,
Aux robes le taftas a perdu son vsage
Enuers celles qui sont de noble parentage,
Il leur faut le satin ou velours figuré
Autour des aisierons force bouton doré,

La manche detaillée à graade chiquetade,
Le taftas seulement sert dessous de parade,
Voires le plus souuent les robes de satin
Qui sont de couleur rouge ou bien d'incarnadin,
Des damoiselles sont les plus cheres tenuës
Et dont iournellement on les voit reuestuës,
La robe de taftas a prins d'ailleurs son cours
La bourgeoise s'en sert maintenant tous les iours
Encore quand il est question d'estre leste
A quelque mariage, ou bien à quelque feste,
Elle ose bien porter la robe de damas,
Qui pour se faire voir n'agueres n'auoit pas,
Rien que robes de draps, ou bien robes de sarges,
Auec queuë par bas pendante & manches larges :
Car aux robes alors hautes manches portoient,
Seulement celles qui de noble race estoient,
Mesmes lors le burail estoit tres-rare chose,
Et le Turc camelot dont la bourgeoise n'ose,
En faire maintenant sa robe seulement,
Qui de son coffre soit le pire habillement,
Le grand vertugadin est commun aux Françoises,
Dont vsent maintenant librement les bourgeoises,
Tout de mesme que font les dames, si ce n'est,
Qu'auec vn plus petit la bourgeoise paroist :
Car vne dame n'est pas bien accommodee,
Si son vertugadin n'est large vne coudee,

Les

Les cottes de tafftas ont beaucoup de credit,
La bourgeoise s'en sert sans aucun côtredit,
Aussi communémêt qu'elle faisoit naguere,
De drap & camelot son estoffe ordinaire :
Car iadis celles qui damoiselles n'estoient,
Aux cottes ny taftas, ny damas ne portoiêt,
Le burail estoit lors l'estoffe plus commune,
A celles qui auoient à leur gré la fortune:
Mais desia quand ie dis commune, ie n'entêds
Dire l'estoffe dont elle vsoit en tout temps,
Non ce n'est pas ainsi côme ie le veux pren-
    dre,
C'est mon intention autrement de l'entêdre,
Ie dis les cotillons qui plus en vogue estoient,
Et lesquels seulemêt les plus riches portoiêt,
Au lieu du taffetas dont à present chacune,
Soit qu'elle ait fauorable ou contraire for-
    tune,
Orgueilleuse se sert, enrichy brauement,
A lentour de six rangs de large passement,
Voires mais du damas que i'auois en mon
ame

C

Deſigné de garder pour l'habit de la dame,
Qui eſt contrainte auoir la robe de velours,
Et d'autres de damas & de taftas deſſous,
Des bourgeoiſes en ce ſeulemēt diſſemblable
Iaçoit biē qu'elle porte vne eſtoffe ſemblable,
Pour vne cotte qu'a la femme du bourgeois,
La dame en a ſur ſoy l'vne ſur l'autre trois,
Que toutes elles fait eſgalement paroiſtre,
Et par là ſe fait plus que bourgeoiſe cognoi-
ſtre,
A leurs bas l'vne & l'autre aime fort l'in-
carna,
La bourgeoiſe l'eſtame, & ſi la dame n'a
Sur les iambes la ſoye, elle n'eſt pas paree,
Bien qu'au reſte elle fuſt richemēt accouſtree
Les bourgeoiſes non plus que les dames ne
vont,
Nulle part maintenant qu'auec ſouliers à
pont
Qui aye aux deux coſtez vne longue ouuer-
ture

Pour faire voir leurs bas, & deſſus pour pa-
  rure,
Vn beau cordon de ſoye en nœuds d'amour
  lié,
Qui couure du ſoulier preſques vne moitié,
Tout ordinairemēt prennēt les damoiſelles,
L'écharpe de taftas pour paroiſtre plus bel-
  les,
La bourgeoiſe s'en ſert tant ſeulement aux
  champs,
Soit Hiuér, ſoit Eſté, ſoit Automne ou
  Primtemps,
Meſmes quand elle va dedans quelque
  village,
D'vn maſque elle oſe bien ſe couurir le vi-
  ſage :
Mais que fai ie? i'oublie à dire le plus beau,
Nets-ie pas ſur le dos des dames le mãteau,
Tout fourré par dedãs quãd la froide gelee,
Arreſte les ſillons de la liqueur ſalee ?
Ne fay ie pas auſſi les enfans des bourgeois

Auſſi braues que ceux des Princes & des
    Rois?
Chargez de carquans d'or, & autour de
    leurs teſtes,
Pleins d'ornemens perleux qu'ils nomment
    ſerre-teſtes,
Auec accouſtremens du moins de taffetas,
Bien ſouüet de velours ou d'vn riche damas,
Leur fay-ie pas touſiours pendre au bas des
    aureilles,
Quelques perles de prix ou bien choſes pa-
    reilles ?
La chaiſne d'or au col, aux mains les brace-
    lets,
Au doigt les diamans, au front les affiquets,
Et autres tels fatras qui valent daüantage,
Que tout le reüenu du bien de leur meſnage:
Mais ie ne monſtre pas ſeulemět ma vertu,
Aux façons des habits dont on eſt reueſtu,
C'eſt moy ſeule qui fais deſguiſer leur parole
On a beau conſommer tout ſon temps à
    l'eſcolle,

Il faut quicõque veut estre mignõ de Court,
Gouuerner son lãgage à la mode qui court,
Qui ne prononce pas il diset, chouse, vãdre,
Parest, contantemans, fut-il vn Alexãdre,
S'il hante quelquefois auec vn Courtisan
Sans doute qu'on dira que c'est vn paysan,
Et qui veut se seruir du François ordinaire,
Quand il voudra parler sera contraint se
    taire:

Qui peut trouuer vn mot qui n'est pas vsité,
Est attentiuement de chacun escouté,
Et celuy qui peut mieux desguiser son lan-
    gage,
Est auiourd'huy par tout estimé le plus sage
Encore qu'il ne soit autre qu'vn ieune sot,
Qui de Latin ny Grec n'ait veu iamais vn
    mot,
Qui n'ait iamais rien fait que tenir des re-
    questes,
Hanter les cabarets & faire forces debtes,
Et si quelqu'vn pronõce ainsi cõme il escript

Quãd de Frãce il seroit le plus galãd esprit,
Qui auroit employé sa ieunesse à apprẽdre,
Sans s'exercer à rien dont on l'ait peu re-
    prendre,
Il sera bafoüé de quelque ieune veau,
Qui ne prisera rien que ce qui est nouueau:
Bref il faut obseruer qui veut paroistre en
    France,
Au parler aussi bien qu'aux habits l'incon-
    stance:
Mais pendãt que ie vay discourãt auec toy,
La Court pour mon absence est en vn grand
    esmoy,
A Dieu ie m'en vay voir s'il faut que ie re-
    forme,
Quelque chose aux habits qui paroisse di-
    forme,
Ie voy les Courtisans desia las de porter
Les façons que ie viens de te representer,
Les passemens dorez reuiendrõt en lumiere,
Ie m'en vay les remettre en leur vogue pre-
    miere.

Les marchands se faschoient de voir si lon-
guement
Demeurer dans leur coffre vn si beau passe-
ment,
Il faut les contenter & que ceste richesse
Serue de parement à toute la noblesse.
 Si tost que ceste Dame eust cessé de parler,
Soudain s'euanouit comme fait vn esclair,
Et moy tout estonné plus long temps ne
seiourne :
Mais dedans ma maison soudain ie m'en
retourne,
Iugeant bien à par moy que c'estoit verité,
De ce qu'elle m'auoit iusqu'icy recité.

PASQVIL DE LA COVRT
pour apprendre à discourir.

A Vous Dames & Damoiselles,
Qui desirez passer pour belles :
Et que sur vous on ait les yeux,

Comme deſſus des demy Dieux,
Si vous voulez quoy que l'on gronde,
Apprendre le Trictrac du monde,
Et y viure morallement,
Sans fauſſer Loy ne Parlement,
C'eſt pour diſcourir à la Mode,
Sans le Digeſte & ſans le Code.
Et puis quand vous ſçaurez parler,
Pour proprement vous habiller,
C'eſt vne façon tres-nouuelle,
Apportée de la Rochelle,
Et Reformée pluſieurs fois,
Par la Marquiſe de Vallois,
A vous ſeul ie la dedie,
Auec mon cœur & ma vie,
Vous la verrez par ceſt eſcrit,
Digne de voſtre bel eſprit,
Liſez le d'auſſi bon courage,
Que ie le vous rends pour hommage,
Il faut donc en premier lieu,
Apprendre à bien parler de Dieu,

Eſ

Et bien que l'on ny sçache notte,
Si faut-il faire la deuoste,
Porter le Cordon sainct François,
Communier à chasque Mois,
Admirer tout, tout veoir, tout faire,
Aller à Vespre à l'Oratoire,
Sçauoir où sont les Stations,
Que c'est que Meditation,
Visiter l'Ordre saincte Vrsule,
Cognoistre le pere Berulle,
Luy parler de Deuotion,
Des sœurs de l'Incarnation,
Participer à son extase,
Aller voir le pere Athanase,
La Marquise de Menelé,
Ieusner en temps de Iubilé,
Sçauoir où sont les quarante heures,
A la Moderne auoir les heures,
Ne veoir aucun sans controller,
Ses mœurs sa façon son parler,
Se reseruer pour sa conduicte,

D

Pere Chaillou, vn Iesuiste,
Aller conferer auec eux,
Chasque iournée vne heure ou deux,
Auoir des tantes & cousines,
Dans le Conuent des Carmelines,
Pour aller ioüer en Esté,
Veoir Madame de Breauté,
Amasser force grains de Rome,
Auoir veu de pres le sainct homme,
Garder de sa robbe vn morceau,
Pour enchasser en vn Tableau,
Parler des cas de consciences,
Selon qu'on voit les occurrances,
Appeller tousiours à garand,
Arnoux, Granger & Seguerand,
Raconu, le petit Minime,
Discourir vn peu de la rothine,
Et si l'esprit n'est trop fasché,
Songer aux amours de Psiché,
Mettre vn petit de sa science,
A bien faire la reuerance,

A la Bocane & la Dupont,
Ainsi que les autres la font.
Et puis pour ornement de teste,
Fußiez vous vne große beste,
Il faut faire tenir l'Iris,
Sur le poil noir, ou sur le gris,
Et pour cela sur la toilette,
Auoir tousiours la boistelette,
Plaine de goume de Iasmin,
Visiter Madame Gamin,
Auec la coiffe beßee,
La veuë demie renuersee,
Vous fourer dans son amitié,
Entendre d'elle auec pitié,
Et croire que la Romanesque,
Le corps mort du Comte de Fiesque,
Peux rendre aux aueugles les yeux,
Et iambe droicte aux boiteux,
Tout ainsi que faisoient les autres,
Qui estoient du temps des Apostres:
Si on veut la Mode imiter,

Il faut pour habit inuenter,
Se coiffer à la culebutte,
Releuer ses tetons en butte,
Encore qu'ils fussent pendans,
Ou par l'aage ou par accidens,
Que si l'on a les dents gastees,
Faut les pommades fréquentees,
L'opiate, le romarin,
Que l'on trouue chez Tabarin,
Faire de la petite bouche,
Sçauoir friser à l'escarmouche,
Auoir la poincte sur le front,
Qui ne s'estonne d'vn affront,
Si par hazard quelqu'vn arriue,
L'emplastre paroistre excessiue,
Puisque l'artifice auiourd'huy,
A mu le naturel sous luy :
Faire des sourcils en arcade,
Des moustaches à l'estocade,
Et puis des yeux à l'assassin,
Pour faire naistre le destin,

Et pour prendre l'amonr par l'efle,
Mettre la mouche en fentinelle,
Sur vn teint poly & bien net,
Auoir gands à la Cadenet,
Ou à la Philis tant aymable,
Le mouchoir à la Coneftable,
Et la chefne d'vn bleu mourant,
Qui tue le cœur de l'amant,
Des perles groffes à la Branthe,
D'vne blancheur tres-excellente,
A la Guimbarde le Collet,
De la vraye Croix au chapelet,
Du point couppé à la chemife,
Pour parer celle qui l'a mife,
Et pour plus grande gayeté,
La robbe à la commodité,
Si ce n'eft que pour prendre l'aife,
On laiffe en arriere la fraife,
Il faut fçauoir s'accommoder,
Aux faifons & leur commander:
En hiuer il faut la ratine,

En esté celle de la Chine,
Et le soulier à la Choisy,
De satin bleu ou cramoisy,
Auec les bas de fiamette,
L'or esmaillé à l'esguillette :
Apres il faut de la maison,
Retirer quelque salisson,
Pour en former vne seruante,
Qui fera de la suffisante,
Quand son collet sera bien mis,
Luy monstrer qui sont ses amis,
Qui sont esprouuez à la touche,
Qui grimasse fort de la bouche,
Et qui sçache pour tout discours
Redire cent fois tous les iours,
Asseurement en conscience,
Qui responde quand on la tance,
Et qui puisse dire il est vray,
Ma foy Madame ie le croy :
Bref se sera la Damoiselle,
Qui aura laué la vaisselle,

Plus faut vn caroße nouueau,
D'eſcarlatte ou de drap du ſceau,
Auec le Cocher à mouſtache,
Orné de ſon petit pannache.
Laiſſer repoſer le Velours,
Pour s'aller repoſer en Cour :
Et pour le faire mieux paroiſtre,
Luy faut rehauſſer la feneſtre,
Apres auoir tout, ſon galant,
Qui contreface le vaillant,
Enchor que iamais ſon eſpee
N'ait eſté dans le ſang trempee :
Et qu'il n'ait iamais veu ſainct Iean,
La Rochelle ny Montauban ;
S'il en diſcourt ſont ſes oreilles
Qui luy ont appris les merueilles :
Voila pour le vous faire court
La vraye Mode de la Court.

FIN.

9 782014 437621